AF156130

Une année en troisième

Balian Bernardo
Une année en troisième

Recueil de nouvelles et poésies

© 2023, Balian Bernardo

Édition : BoD – Books on Demand, info@bod.fr
Impression : BoD – Books on Demand,
In de Tarpen 42, Norderstedt (Allemagne)
Impression à la demande
ISBN : 978-2-3221-8054-7
Dépôt légal : Juin 2023

Pour tous mes professeurs de Français de collèges
Qui m'ont donné l'envie d'écrire et de créer.

« C'est aux pensées à nourrir les paroles,
Aux paroles à vêtir les pensées. »

LE CORBEAU

Toujours noir,
Ce n'est pas une histoire,
Qui fait peur aux bambins,
Ni aux plaisantins.

Souvent confondu et rare,
Superbe, à la fois insolent et charognard.
Avec ses larges et grandes ailes, il déchire le vent,
De sa noirceur s'élevant.

Vers le ciel, on le reconnaîtra,
Symbole de peste et de Choléra.
De ses yeux noirs transperçant, il nous atteindra.
De sa noirceur, chacun se souviendra.

PASSAGER PRECAIRE
PRINTEMPS DES POETES 2022

Fragiles fleurs du cerisier dans le zéphyr.
Fugaces émois et sentiments fugitifs.
Seconde, heures passées, demain, émotif.
Éphémère, la mort te mène sans gémir.

Vaporeux, mon souvenir de toi, notre amour,
Je m'abandonne à mes pensées, seul, troubadour.
Intrigue, tendresse, amour, chancelant s'envole,
Esprit s'évade en hésitante farandole.

Bonheur, désir, ne se vit qu'un jour et ne dure.
Gloire, jeunesse, promesse, ainsi, va le temps.
Éphémère, je veux profiter de l'instant.

Rayons du soleil se couchant sur l'océan,
Mon âme fuie, beau pays du Soleil Levant,
Éphémère, je veux profiter de l'instant.

LE SOUFFLE DE LA NATURE
LA LEGENDE DE ZELDA

Seul, juste éveillé sur le plateau du prélude,
J'ai peur du froid qui descend du noir crépuscule.
Combien de durs combats, de rudes batailles
m'attendent
Les quatre prodiges aux parfaits talents m'entendent.

Bokoblins, Ygas, Hinox noir, vif, à l'attaque !
Princesse de la sérénité, fleur silencio !
Belle épée de Légende contre l'esprit démoniaque.
Paravoile, moto, au village Cocorico.

Vah'ruta, Vah'medoh, Vah'naboris, prières,
Korogus, feuille verte, je t'ai trouvé près d'une pierre,
Nedrac, Ordrac, Epona complète ce bestiaire.

Ri'dahi, Kamu'ho, rapide, tu déambules
L'ombre de Ganon, vil fléau, dans les plaines d'Hyrule
Disparait à tout jamais, tu te dissimules.

EYE TRACK
EYE TRACK, SÉBASTIEN RUTÉS

Noir.
Noir.
Noir.

Ses souvenirs s'estompent. Hermès ne se souvient pas
des couleurs réelles, celles de la réalité qu'il a tenté de
défendre, ni de ces couleurs vert et oranges de cette
réalité imposée et floutée. Il ne sait plus depuis combien
de temps, il est là, dans ce noir total ou le jour, la nuit,
les heures se confondent. Il ne sait pas quand il sortira
du black-out. S'il sort un jour, évidemment, il est saisi
par le doute.

Un an de black-out.

Il essaie d'imaginer Thémis dans la ville basse. Thémis,
son visage parait flouté, comme s'il portait toujours

ses Eye-Track. Il faut coûte que coûte qu'il se souvienne de son visage à elle, c'est ce qui le fait tenir à chaque instant.

Noir.

Noir.

Noir.

Il sait pertinemment que son séjour laissera des traces sur son corps, un an dans le noir absolu. Mais Hermès est convaincu d'une chose, il recommencera à se rebeller, à se battre contre cette réalité parfaite. Il essaiera de rejoindre Thémis. Il pense à ses parents. Ils ne l'empêcheront pas de se battre, il le sait.

Noir.

Noir.

Lumière.

Un rayon de lumière parait, éblouissant comme mille soleils. Tout de suite, on lui ordonne de fermer les yeux, et on lui remet de nouvelles Eye-Track. On lui explique qu'il a purgé sa peine, il sort du black-out dans quelques heures.

Le temps de quelques examens. Il doit se réhabituer à la lumière, les contrastes lumineux sont apaisés par le bleu foncé des verres. Autour de lui, tout le monde est flouté, il n'entend que les voix de ces *Non-Gens* comme il les appelle.

Le retour à cette pseudo-réalité est douloureux sur le plan physique, on lui explique qu'il doit prendre des médicaments pour pallier le manque de lumière, et qu'il ne doit pas enlever ses lunettes, sauf, s'il veut perdre la vue. Il sait déjà tout cela, il se rappelle Romain, le père de Thémis, trois mois de black-out, il avait perdu la vue partiellement et n'avait plus besoin de porter de lunettes, puisque sa vue était désormais floutée naturellement. Ironie du sort.

On lui apprend que ses parents viennent le récupérer. Il est heureux, il va retrouver un semblant de normalité. Il espère avoir des nouvelles de ses amis et surtout de Thémis. Il sait que c'est dangereux pour elle, une invisible de remonter dans ce monde surveillé. Il est certain qu'elle n'a pas abandonné le combat. Il espère tout de même la voir dans les jours qui viennent, qu'elle pense toujours à lui, qu'elle ne l'a pas oublié.

Hermès imagine ce que va être sa nouvelle vie. Il veut apprendre aux autres ce qu'il a découvert pendant cette retraite forcée. Que seule la pensée est réelle, qu'elle est infinie, et que malgré tout ce que l'on veut leur faire croire, personne ne peut flouter l'imagination, que la liberté réside dans l'esprit de chacun.

Hermès se regarde dans un miroir, il ne reconnaît plus l'homme qui est devant lui, plus grand, plus émacié, cheveu blanc, l'air grave. Il a vieilli de 20 ans ou plus, en trois cent soixante-cinq jours.

Bleu.
Rouge.
Jaune.

L'avenir est libre.

RIVER

Cher toi, mon double, ma sœur, Stella,

Je ne sais comment t'écrire, toi qui as toujours été présente, toujours avec moi, dans ma tête et dans mon cœur...

Aujourd'hui, je me sens mieux, et je prends confiance en moi, grâce à toi, uniquement, car tu m'as protégé, guidé.

Aujourd'hui, il est temps de te dire au revoir, il est temps que je vole de mes propres ailes avec tout ce que tu m'as appris ; je t'en serais éternellement reconnaissante.

Papa et maman me comprennent mieux, nous sommes plus proches, tu as été notre lien, notre ciment ... Tu vas me manquer, c'est sûr !

Je ne dis pas que toute ma vie sera parfaite, il y aura encore des hauts et des bas, mais je sais au fond de moi que si un jour, plus tard, je trébuche, tu reviendras pour me relever, car tu es moi et je suis toi.

J'ai réaménagé notre chambre, j'y laisse rentrer le soleil, tu adorerais les nouveaux rideaux, cette grande bibliothèque que Grand-mère Hugues m'a offerte.

J'ai mis le lit près de la fenêtre pour profiter de cette lumière, et quand je m'allonge, je t'imagine dans le ciel...

Depuis ce fameux jour où j'ai sauté dans l'eau, notre vie a changé, tu as vu que je sortais de mon cocon, que de chrysalide, je me transformais en papillon ; la reconnaissance que j'ai ressentie m'a donné confiance en moi, et j'ai pu entrevoir dans le miroir ton reflet qui me regardait et non plus celui de l'ancien moi...

J'ai quinze ans, et je ne suis plus nulle, plus moche, je commence à vivre pour de vrai.

Je ne te dis pas adieu, mais tout simplement au revoir, je t'aime Stella, ma sœur, mon double, toi.

River

LA GOUTTE D'EAU

Je suis une goutte d'eau et j'ai le moral à zéro...
Aujourd'hui, je me retrouve encore à une hauteur
indéfinie dans les nuages, seule auprès de milliards
d'autres gouttes indifférentes à mon mal-être. Je me sens
telle une infime chose futile dans un monde cyclopéen
et cela me donne des sueurs froides.

Depuis des milliers d'années, je vis entre ciel et terre,
tombant, remontant, virevoltant tel un brin de
poussière dans une tornade, et je ne supporte plus d'être
si petite dans ce monde si grand !

Pourquoi ne suis-je pas née gros rocher entrainant avec
moi mes compagnons dans le flot des rivières ?
Pourquoi ne suis-je pas née chêne centenaire que rien ne
peut déraciner ?

Je veux être plus grande, avoir une conscience et des amis, être sédentaire ou au moins arrêter mon parcours infini de temps en temps, et me reposer...

Heureusement, je n'ai pas le vertige, sinon cela aurait été encore plus horrible...

Je ne supporte plus le monde qui m'entoure, car les animaux et les êtres humains me boivent et me rejettent, tirant des bénéfices de ma substance, me gaspillent ; les végétaux m'aspirent, les lacs, les océans et autres étendues m'entassent avec ces autres gouttes inconnues, avant de m'évaporer dans les airs.

Bref, je suis une nullité absolue. Mon ultime hantise est de devenir cette goutte d'eau mythique, vous savez ? Celle qui fait déborder le vase !

SANS-VISAGE

Suédine du Nord, année 3022.

Il y a longtemps, que je n'ai pas écrit dans mon petit livre, normal, c'est interdit !

Moi, je m'appelle Léandre, j'ai dix-sept ans, je vis avec mes parents et mon petit frère dans une petite ville coopérative appelée Bollvälla.

Ici, nous sommes tous destinés à fournir en fruits et légumes les grandes villes ou vivent les gens qui décident ce qui est bon pour nous ou pas. Alors nous travaillons, dans l'anonymat, on nous appelle les « Sans-visage », comme tous ceux qui œuvrent au bien-être des puissants. Personne ne nous connaît, et nous ne connaissons personne, juste notre communauté.

Les « sans-visage » hommes naissent, vivent et meurent dans la même communauté, mais les femmes elle sont transférées dès la fin de la puberté d'une communauté à une autre afin de se marier et de perpétrer la race des « sans-visage ».

Ma mère est née et a vécu en Canamérik dans une ville minière Alaton. Heureusement, à son arrivée à Bollvälla, ce sont mes grands-parents paternels qui l'ont pris sous leurs ailes. Ma mère et mon père sont tombés immédiatement amoureux, c'est une véritable chance dans notre monde. Ils ont eu directement le droit de se marier très vite, et je suis né neuf mois après : un sans-visage de plus !

Ma mère n'a jamais revu ses parents ni sa famille depuis ses seize ans, c'est étrange de penser cela. Elle était d'ailleurs super heureuse quand elle a accouché de mon frère et de moi, car elle n'aura pas besoin de nous voir quitter le cocon familial, elle ne perdra pas ses enfants.

Molière, mon grand-père, le seul que je connais, était professeur de français comme lui avant son père et son grand-père. C'est lui qui a choisi mon prénom, et lui qui m'a appris à lire et à écrire en secret, car c'est prohibé, comme beaucoup de choses dans notre monde de « sans-visage ».

Ce soir, c'est mon dernier jour en tant qu'enfant, et je me sens triste de penser que ma vie va changer, que je vais devoir choisir une épouse et surtout que si je ne la choisis pas, on va me l'imposer pour perpétuer notre main d'œuvre et assurer le bien-être de la communauté globale comme le dis si bien notre gouvernement.

Ce gouvernement, nous, on les appelle « les yeux de la cité » on ne les voit jamais ou presque. La milice est présente dans chacune des villes pour assurer notre soi-disant protection. Protection de qui ou de quoi ? Nous n'en savons rien...

Ce soir, je dis adieu au monde que je connais, demain, je serais quelqu'un d'autre, alors j'écris tout ce que je ressens. S'épancher ainsi par l'écriture, Molière dit que c'est la meilleure façon de ne pas perdre notre humanité, ni notre raison. Ensuite, je brûlerais mes pages afin que les « yeux de la cité » ne les trouvent pas, car ce serait passible de la déportation pour l'ensemble de notre famille sans détails, petits et grands, jeunes et vieux.

Normal, nous ne sommes que des « sans-visage ».

C'EST A CET ENDROIT
QU'IL AVAIT DISPARU...

Elle en était certaine, c'est à cet endroit qu'il avait disparu...

Elle, c'est Honorine de Rosamund, écrivain. Pas un écrivain aussi célèbre qu'Emile Zola ou Honoré de Balzac, juste un écrivain vivant d'un petit pécule qui lui permet tout juste de subsister chaque mois. Mais que voulez-vous, elle aime écrire, alors elle écrit.

Depuis quelques jours, le Sud-ouest, célèbre journal lui a demandé un nouveau roman qui doit paraître chaque jour.

Elle avait pourtant bien commencé, les personnages, le lieu, l'intrigue, tout était présent, mais là, aujourd'hui, elle avait perdu le fil de son histoire !

Il avait disparu dans les abysses, juste là devant elle, au bout de sa plume en titane, alors qu'elle était assise dans son grand fauteuil devant son bureau débordant d'objets hétéroclites.

Ce matin-là, le thé fut vite bu, les vitamines prises, elle s'était mise à écrire dans son cahier ; l'écriture lui venait quand tout à coup, sa plume s'était arrêtée net, elle avait perdu le fil... Une idée fugace avait traversé son esprit et hop ! Tout s'était envolé...

Son personnage fictif, son héroïne, se retrouvait au milieu de la jungle, et elle ne savait plus quoi en faire ! Soit, elle tombait dans un trou, soit elle rencontrait une tribu dangereuse, ou encore elle se retrouvait obligée de sauter dans une rivière du haut d'une falaise car, poursuivie par un animal sauvage et féroce aux griffes acérées. Bref ! Honorine avait l'impression que le personnage de sa nouvelle la regardait, levant les yeux vers elle décontenancée.

Il fallait absolument débusquer une idée lumineuse.

Elle posa sa plume, s'appuya confortablement dans son fauteuil, leva les yeux, inspira lentement trois fois, et resta là, contemplant le ciel parsemé de maigres nuages au travers de la fenêtre.

Cela dura un moment, puis elle s'endormit doucement...

A son réveil, comme elle était partie, son inspiration revint. Sa muse était enfin revenue se poser sur son épaule.

FIN

Fin, ces trois lettres que je viens de taguer sur ce mur annonce irrémédiablement ce qui va suivre : mon départ pour l'autre monde, comme je l'appelle.

J'ai 98 ans et je m'appelle Victoire, je suis née en 1924 à Pommiers dans le Rhône.

Cela fait un trop long moment maintenant que je déambule dans cette dimension à la recherche de murs pour y taguer mes idées ; personne ne peut imaginer qu'une vieille dame de mon âge s'amuse à ce genre de balivernes, alors tout va bien. Mais aujourd'hui j'ai décidé de tirer ma révérence, je sais que ma fin est proche et que ceci est mon dernier tag...

Quand je me retourne sur ce qu'a été ma vie d'artiste, je me rends compte que mes tags sont devenus célèbres malgré moi ; messages engagés pour défendre nos libertés... Mais le comble est que personne ne me connaît, et je trouve cela parfait !

Et dire que j'ai commencé à l'âge de 20 ans pendant la deuxième guerre mondiale pour faire parvenir des messages codés à la résistance. Et j'ai continué à œuvrer tout en exerçant mon fabuleux et simple métier d'institutrice.

Mais passons aux choses sérieuses... Ceci est mon testament.
N'ayant pas d'enfants, je lègue tous mes biens, ma maison, mes comptes en banque, bijoux à l'association des jeunes artistes de mon quartier avec qui j'ai passé tant de temps.
Mon notaire, Maitre De la Baysselière, possède déjà tous mes écrits et mes dernières volontés.

Je vous souhaite de vivre une vie aussi extraordinaire que la mienne. Ayez foi en la vie, et en votre art.

Adieu ... FIN

Victoire de La Baume de Montrevel

SOUVENIRS
D'UNE VIEILLE DAME

Cambo les bains, le 17 novembre 2008

Mon cher arrière-petit-fils, Balian,

Comme il est de coutume désormais, je te lègue mes souvenirs d'enfance, petit à petit... Une trace écrite pour que perdure ma mémoire à travers toi.

Hier soir, en ouvrant la fenêtre de ma chambre pour fermer les volets, la lune était pleine ; je me suis retrouvée plongée dans mes souvenirs...

Je devais avoir ton âge à peu près.... Comme tu le sais, nous vivions à la « Villa Arnaga », où mon père était chauffeur de maître et secrétaire auprès de M. Edmond Rostand.

La famille Rostand, comme j'ai pu te l'écrire dans une de mes lettres précédentes, était très gentille avec moi. Tu sais que j'avais le droit d'emprunter des livres dans la grande bibliothèque de la famille, et qu'il m'avait même offert une petite chienne fox terrier pour mon anniversaire.

Tu as vu les photos, je sais que tu les garderas comme un trésor précieux.

Les soirs de pleine lune, l'été, Edmond Rostand sortait dans le jardin pour déclamer ses vers à haute voix, il disait ainsi qu'il avait l'impression qu'il pouvait les entendre sonner dans le calme de la nuit.

Ce soir-là, il faisait chaud, et j'avais laissé ma fenêtre ouverte pour laisser entrer la fraîcheur des étoiles ; J'entendis des pas sur le gravier de l'allée près de la roseraie, je me levais sans bruit, je reconnaissais ce pas, celui du poète qui ne se sachant pas épier, allait clamer ses vers à la lune. Je me souviens des premiers vers de ce poème comme si c'était hier, mon préféré... Il parlait de notre petit chat noir et tigré qui s'aventurait souvent dans la grande maison.

Ce poème commençait ainsi :

« C'est un petit chat noir effronté comme un page,
Je le laisse jouer sur ma table souvent.
Quelquefois il s'assied sans faire de tapage,
On dirait un joli presse-papier vivant. »

Te rends tu comptes, je suis sûrement la première personne à avoir eu connaissance de ce poème, comme de nombreux autres d'ailleurs.

Je t'avoue qu'au début, je n'étais pas rassuré de voir l'ombre de ce grand monsieur dans les jardins la nuit, mais j'en avais pris l'habitude, et attendais ces moments avec impatience, reculant même les interdits de mes parents de veiller si tard.

Je te dis à bientôt mon tout petit, j'attends ta naissance, pour te rencontrer et ta maman te donnera quand tu auras l'âge cette lettre comme toutes les autres.

Mille baisers sur ton front d'ange.

Grand-Mamie Odette.

MA NAISSANCE

Je suis une conscience bien au chaud dans la matrice, et depuis un peu plus de neuf mois, je grandis et me transforme afin d'aller vers je ne sais quoi...

Je suis à l'abri dans mon cocon d'eau, et les sons qui me parviennent me sont désormais familiers... Au travers de ma bulle de protection, je perçois aussi la lumière douce et chaleureuse comme un soleil qui me réchauffe.

Dans ce calme si enchanteur, j'entends tout à coup la voix de maman qui s'affole, et d'autres voix que je n'arrive pas à définir qui parlent toutes en même temps. Heureusement, le bruit lancinant de nos cœurs me rassure même si tous les deux s'emballent quelque peu. Cette quiétude, qui était toute ma vie, est d'un coup rompue !

Le temps que je réalise, je me retrouve hurlant de douleur dans les bras d'un inconnu qui m'observe... C'est un homme avec des grands yeux bleus, il me sourit, mais la douleur qui a envahi mes poumons m'empêche de réfléchir à quoi que ce soit d'autre. Je ferme les yeux... Heureusement, cette douleur cesse rapidement, et j'entends sa voix, la voix de maman, elle est claire, toute proche de moi, alors je réouvre les yeux, et je la contemple. Elle a les larmes aux yeux, me sourit, me parle tout doucement, ses yeux plongés dans les miens sont un océan de tendresse.

Je retiens un mot, un nom, le mien, Balian.
Petit à petit, je regarde tout autour de moi... Nous sommes dans une grande pièce, aux tentures bleus et or, une cheminée fait face au lit ou nous sommes installés maman et moi. Il fait froid, mais maman me protège, on partage notre chaleur.

De grandes fenêtres à petits carreaux donnent sur le parc, le temps semble clair, et un léger soleil d'hiver perce jusqu'à notre chambre. Dehors, il a neigé, je vois les grands arbres blancs le long de l'allée qui mène à la maison. L'herbe des pelouses et les massifs semblent être comme des milliers d'éclats de givre étincelants dans ce soleil pâle.

On m'a enveloppé dans une couverture bleue brodée de blanc, je suis désormais dans les bras de papa qui me regarde comme si j'étais la huitième merveille du monde. Mon regard s'accroche au sien, dans un camaïeu de bleu acier...

Il me pose dans mon berceau, d'où je peux contempler ce qui m'entoure, de hauts plafonds à la Française décorés de fleurs à cinq pétales enchevêtrées dans des lacs d'amour de couleur or. Sur un guéridon, entre les deux fenêtres, un énorme vase regorge de fleurs blanches et rouges, leur odeur imperceptible titille mes narines. Le lustre énorme, à pampilles reflète la douce lumière du jour.

J'essaie de mémoriser cet instant magique, les sons, les images, les odeurs, même si je sais que dans quelques années, plus rien ne subsistera de ce souvenir dans ma mémoire, je profite de cet instant...

On est le 9 décembre, je m'appelle Balian et je viens de venir au monde.

ANNIVERSAIRE DE MARIAGE

Aujourd'hui, nous sommes dimanche, et, il y a cinquante ans, mes grands-parents se disaient oui pour la vie...

Ce matin, je me retrouve perplexe devant mon placard grand ouvert, me demandant comment je vais me vêtir pour me rendre en famille au restaurant et fêter dignement cet anniversaire incroyable.
Pantalon, chemise et veste, ou alors jeans et sweat ? Telle est la question, comme le soulignait si bien Shakespeare !

En l'espace de cinq minutes, je me retrouve à penser qu'il était bien le temps où enfant, maman choisissais pour moi mes vêtements, selon l'activité ou le lieu où nous devions nous rendre. Parce que là, véritablement, je me sens quelque peu angoissé à l'idée de ne pas être assez habillé ou trop bien habillé.

J'aurais dû me renseigner au prime abord dans quel restaurant Papi avait réservé !

Regardant sans but précis, l'air hagard mes vêtements, je partis dans mes songes, me rappelant grâce aux albums photos les différentes tenues vestimentaires que maman me faisait porter...

L'ensemble bleu ciel tout doux, molletonné de chez « Jacadi » avec mes mini baskets « Converse » bleu marine, l'ensemble combinaison chocolat que maman assortissait de petites chaussures montantes à lacets du même ton, jeans et polo bleu marine « Serjent Major » avec des baskets « Adidas » blanches et blouson américain. Une vraie victime de la mode à cette époque, je n'avais pas vraiment le choix !

Si je pouvais, je partirais à l'aise, avec mon bas de survêtement bleu marine, un t-shirt, et mon sweat que je mets tout le temps, mais je ne pense pas que papi apprécie la plaisanterie. Lui portera sûrement une cravate pour l'occasion !

A moi de fournir un effort, et de m'habiller pour le rendre fier.

Je choisis donc un jeans, une chemise blanche et cravate noire, ce qui me fit penser qu'à l'école primaire, j'aimais déjà ce genre d'accoutrement un peu décalé par rapport à mon âge.

Je me rendis compte à cet instant que depuis que j'avais atteint l'âge de choisir mes tenues, vers l'âge où on rentre en CP, mes préférences allaient vers des survêtements de couleurs foncés, sweats et t-shirts, et que j'étais absolument passionné par les baskets. Je ne me rappelais plus la dernière paire de chaussures dites de ville que j'avais dû porter, elles devaient remonter à la maternelle, au temps immémoriaux où je n'avais pas mon mot à dire, où je ne me rendais pas compte.

Point de casquette, de foulards, d'écharpe, et j'ai de mémoire toujours eu horreur des grosses doudounes d'hiver qui me font paraître comme un bibendum !

Bref, si je fais aujourd'hui un parallèle, mon style n'a pas vraiment changé, il a tout juste évolué et c'est affirmé avec les années.

Ayant fini de m'habiller, un dernier regard dans la glace, le nœud de cravate parfaitement droit, je quittai mes souvenirs comme je venais de quitter ma chambre.

C'était parti pour un repas dominical en famille...

SOUVENIR D'ENFANCE

Âgé de 10 ans, je me souviens encore aujourd'hui du jour où maman m'a appris que nous allions passer une semaine à visiter les châteaux de la Loire. J'avais, alors, le sentiment de rêver éveillé, comme si une bulle de bonheur explosait littéralement dans ma tête...
On était un dimanche, et ce jour-là, j'avais 10 ans.

Ce soir-là, ma famille était au grand complet, mes grands-parents, mes parents étaient présents pour fêter dignement ma première décennie.
Je me souviens encore du vent froid de décembre, ce mistral qui balaye la vallée du Rhône, du poêle où brulaient les bûches de bois odorant, et du grand sapin de Noël scintillant qui ornait la pièce.
Ce souvenir pourtant ancré en ma mémoire tel une étoile dans le ciel, n'est rien par rapport à l'annonce qui allait suivre.

Devant moi, était posé un énorme cadeau, je déchirais avec fracas le papier afin de découvrir mon cadeau d'anniversaire...

Dans ce grand carton, quelques objets hétéroclites, une voiture « Majorette », une maquette de château, un puzzle représentant un autre château, et des papiers auxquels je ne prenais pas garde.

J'étais à ce moment-là, je me souviens, déçu et dépité, une incompréhension totale avait envahi mon cerveau.

Là, devant mon incompréhension, ma famille me regardait, surtout maman, avec un œil malicieux. Elle voyait que je ne comprenais pas du tout l'intérêt de ces cadeaux.

Je n'y croyais pas, j'avais le sentiment que mon cœur allait exploser, je nageais littéralement dans une bulle de bonheur parfaite. De dépité et triste, j'étais devenu euphorique et joyeux !

Je partais une semaine avec maman vers ces lieux enchanteurs dont elle m'avait toujours raconté les secrets le soir avant de m'endormir...

Je ressentais des papillons dans mon estomac, j'avais des larmes dans les yeux, et mon cœur débordant de reconnaissance, j'enlaçais fort ma mamounette dans mes petits bras, lui murmurant tout doucement : « Je t'aime fort maman » ...

Mais ces mots ne représentaient rien des sentiments que je ressentais, cela dépassait totalement l'imaginaire commun. Je n'arrivais plus à réfléchir, à analyser ce trop-plein de félicité, je vivais tout simplement le moment présent.
Ce souvenir reste ancré au plus profond de moi, tel un soleil lumineux et chaud qui m'enveloppe. Je repense encore aujourd'hui à ce moment précis, à ce voyage merveilleux, cette façon qu'ont les sentiments de jouer les montagnes russes dans notre cœur et notre tête.

Après ce jour, je comprenais que les plus beaux cadeaux que l'on peut recevoir ou offrir sont ces souvenirs qui nous construisent, ce temps passé avec ceux que l'on aime, les émotions forgent notre devenir. Et je suis sûr que même quand je serais un grand-père aimant, ce souvenir restera au plus profond de moi comme un magnifique trésor que je partagerais avec ceux que j'aime.

MA MADELAINE DE PROUST

Il y avait déjà bien des années que je souffrais, de ce mal silencieux qui chaque jour, à chaque heure, irradiait mon corps tel le feu d'un dragon. Les années avaient passé, enfant jovial, adolescent plus taciturne, adulte réservé et distant, j'étais devenu un vieil homme perclus de douleurs.

Assis dans mon grand fauteuil, près de la fenêtre ouverte, regardant le soleil couchant sur les dunes, l'odeur d'une brise marine titillait mes narines.
Yui, ma petite fille, venait d'arriver à la maison, chaque soir, elle venait me voir, préparant mon dîner, discutant avec moi de tout et de rien ; elle était ma joie de vivre, mon rayon de soleil, la chair de ma chair, et égayait mes vieux jours.

Je laissais divaguer mes pensées, tantôt en voyage, tantôt parmi les miens, ne regrettant rien de ma vie de diplomate, vie trépidante, qui m'avait apporté tant de joie, mais aussi de désillusions face à l'inhumanité croissante de notre monde. Yui avait choisi d'embrasser la même carrière que moi, ce qui nous rapprochait encore plus.

Elle entra dans le salon deux grands bols à la main d'où pointaient des baguettes ; une odeur de curry envahit la pièce... Elle me dit d'un air entendu :
« Allez, Ojïsan*, à table ! Je crois que tu vas te régaler, j'ai fait un curry indien ! »
Je me levais à l'aide de mon makhila*, et rejoignais Yui. Elle posa un bol devant moi.
Une odeur délicieuse me fit fermer les yeux, je respirais profondément cette douce sensation d'un déjà vu, des sentiments nostalgiques envahirent mon esprit.

Tout d'abord, l'odeur des fleurs d'immortelles dans les dunes sous un plein soleil d'été, mes pieds brûlants sur le sable trop chaud, je courais vers l'océan pour me rafraîchir ; j'avais passé toutes mes vacances ici dans cette maison, celle de ma grand-mère Audette.

Cette odeur me plongeait dans des souvenirs de tendresse, de rires, de bruits dans la cuisine, de sa voix chaude qui m'enveloppait et me protégeait. En l'espace d'un instant, je n'avais plus quatre-vingts ans, j'en avais vingt, dix ou cinq, aucune idée. Elle était là, présente, et des larmes de bonheur jaillirent au coin de mes yeux ; un comble, moi qui ne pleure jamais !

Je mis la première cuillère à ma bouche, et un passé ancien, presque oublié, déferla en moi en un millième de seconde, j'étais en Inde... J'avais 14 ou quinze ans, et j'avais accompagné cette grand-mère voyageuse impénitente aux quatre coins du monde.

L'Inde avait été un choc de couleurs, d'odeurs, de sensations, et de goûts... Et tout cela me revenait de plein fouet en mémoire, tels des souvenirs abandonnés trop longtemps et qui attendent le bon moment pour refaire surface. Je me mis à sourire et à raconter tout ce voyage à force de détails, d'impressions. Je revivais ces moments avec passion, ils étaient intacts. La visite du temple d'or à Amritsar, les singes voleurs ou paresseux selon l'heure du jour, notre balade à dos d'éléphant, et ces rues colorées, joyeuses, vivantes, qui embaumaient de cette odeur de curry en tout lieu.

Nous passâmes la soirée à parler de l'Inde, j'étais heureux de me souvenir tout simplement, de ressentir à nouveau ces émotions. J'avais presque l'impression que mes douleurs m'avaient abandonné, et qu'elles m'offraient un répit, une parenthèse enchantée.

En y repensant, alors que j'écris ce petit bout de texte, ce curry est ma madeleine de Proust, souvenir immémorable d'un passé tendant vers l'infini...

Et lorsque je ne serais plus, rendu à la poussière, je veux que vous savouriez un curry en pensant à moi.
Au revoir mes enfants. Je vous aime et je suis fier de vous.

Ojisan

*Ojïsan : grand-père en japonais
*Makhila : bâton ou canne d'origine Basque

LE BORD DE LA RIVIERE

Au bord de cette Loire, au creux de la montagne,
Un havre de paix, entre ciel bleu et verdure.
Vielprat, le Camaret, pays de Cocagne,
Ici nous vivons, ce n'est pas qu'une brochure.

Marchés à Coucouron, pèche, lac du Bouchet,
Ecrevisses, champignons, mille et une odeurs,
Rythmes nos vies d'un doux et sublime bonheur,
Heureux qui vit ici, seul, des autres cachés.

Neige blanche en hiver et le feu dans le poêle,
Automne enchanteur aux couleurs rouges et or,
Printemps, été, potager et poules se mêlent.

Solange et louis, amis, voisins, dans nos cœurs,
A jamais vous resterez, tel un beau trésor,
Verre à la main de belle verveine, liqueur.

RESTE CALME

« Reste calme, je crois qu'il est aveugle. Mais tiens-toi prêt à courir »

Accroupis tous les deux, August et moi, derrière une barque du grand lac blanc, derrière l'école, nous n'en menions pas large depuis déjà plusieurs minutes...
Nous avions réveillé le dragon qui surveillait l'enceinte du collège en tentant de nous faufiler jusqu'au village pour acheter des bouteilles remplies de « Magie ».
La « Magie », c'était le mot de code entre nous, élèves de dernière année du Collège Ilvermorny, pour l'alcool.
Nous avions prévu d'organiser une petite fête surprise pour les dix-huit ans de Rodolph, et avions été chargé August et moi du ravitaillement en « Magie ».

Nous nous étions éclipsés, le soir venu, sans un bruit de la salle commune de notre Maison « Sindarin », profitant d'un moment d'égarement de notre préfet, avions dévalé les escaliers de la tour où était situé notre dortoir, et nous étions engouffré à la va-vite derrière un tableau d'Odilon Redon menant au passage secret permettant de sortir de l'enceinte de l'école. Jusque-là, tout allait bien, mais cela n'avait pas duré...

Tous les élèves connaissaient l'existence du grand dragon, mais jamais personne ne l'avait vu, alors, à force, nous pensions que c'était une ruse de la part de nos professeurs pour nous empêcher de fuguer.

Le village où nous voulions nous rendre pour nous ravitailler, se situait au bord du lac, à un jet de pierre en barque, il fallait moins de dix minutes pour s'y rendre. C'était sans compter ce gardien gigantesque !
Si près du but, nous étions en train de mettre la barque à l'eau, armés de nos pagaies, quand nous avions d'abord entendu le bruit de ses ailes claquant dans le ciel étoilé, et avions ensuite vu son corps colossal et ses petits yeux lumineux comme des flammes de lampe-tempête. Il avait émis un grondement éraillé résonnant comme une porte qui grince.

Nous étions maintenant sans bruit, baguette magique à la main, aux aguets, attendant de voir ce qui allait se passer... Je m'efforçais de respirer calmement, mais j'étais transi de peur. August lui aussi tremblait comme une feuille de bambou en plein vent...

Le dragon s'était posé sur la rive, près de notre barque à quelques mètres de nous, on entendait l'air qui entrait et sortait de ses naseaux, nous sentions son souffle chaud et l'odeur de soufre qui en émanait...

Que faire ? Rebrousser chemin, au risque de se faire attraper ou griller vif ou attendre que ce gardien géant quitte sa position...
Je fis remarquer à mon ami d'infortune que peut-être un professeur allait être averti de ce remue-ménage et qu'il allait venir nous sortir de ce mauvais pas. Nous allions avoir de sérieux ennuis !
Personnellement, j'en avais l'habitude, j'étais passé expert dans l'art de contourner le règlement !
Heureusement, mes notes et mes bonnes appréciations me sauvaient la mise, on ne renvoyait pas un bon élève !

Tout à coup, August se leva, baguette en main, je le regardais ébahi, aucun son ne sortait de sa bouche, mais je savais qu'il s'apprêtait à jeter un sort...

Le dragon se mit à scintiller de tout son être, et diminua de corpulence jusqu'à devenir aussi petit qu'une figurine miniature. Il voleta jusqu'à nous et se posa sur la main d'August, à la fois surpris et furieux. August le mit dans la poche de son sac, me tendit la main tout sourire et me dit :
« Allez hop, en voiture ! Perso, j'ai besoin d'une triple dose de « Magie » ».

Je me redressais ahuri par son courage, et sa désinvolture, et lui tapais dans le dos pour le féliciter sans rien pouvoir dire, j'étais muet de stupéfaction.
Moins d'une heure plus tard, nous étions de retour au dortoir les bras chargés de fabuleuses bouteilles...

Personne ne voulut croire à notre histoire, mais nous savions August et moi que les générations futures de pensionnaires pourraient aller et venir sans aucun risque.

MA SOLITUDE
ENVERS ET CONTRE TOUS

Je m'appelle James Fidgerald, j'ai 17 ans, et depuis deux ans, je vis reclus à l'intérieur de ma maison. Je suis atteint d'anthropophobie depuis deux ans, lors de ma rentrée au lycée.

Il y a deux ans, j'avais choisi pour ma classe de seconde, une option langue japonaise, et pour cela, je devais aller en pension dans un lycée à Lyon. Mais au fil des semaines, j'ai fait des crises d'angoisse de plus en plus importantes, et le verdict est tombé ! J'avais peur des gens, peur de la foule...

Depuis, je suis scolarisé à la maison, et tout se passe très bien. La vie est belle ! Ma chambre est mon refuge, je m'y sens en sécurité, et le rythme de mes journées me convient très bien. Chaque jour qui passe ressemble à la veille, qui ressemble à l'avant-veille, et cette routine m'est douce.

Mes parents ont d'abord cru devoir me faire soigner, mais non surtout pas, je me sens tellement bien ainsi. La solitude que mon esprit m'a imposée si brutalement est une véritable bénédiction. Mes amis sont proches de moi via les moyens de communication modernes, et en fait, je suis seul sans l'être véritablement. D'ailleurs, c'est souvent que je me mets en « hors-ligne » sur les réseaux afin de goûter pleinement à ma solitude réelle. Je l'accueille comme une compagne tant aimée, elle fait partie de moi, et le silence m'apporte la sérénité dont j'ai besoin. Ma vie tourne autour de mes études, je consacre mon temps libre à la lecture, aux dessins, et bien entendu aux jeux vidéo.

Vous allez me dire que nous avons besoin des autres, du contact humain ; mais personnellement rien qu'à l'idée du contact visuel, ou corporel, les poils de mes avant-bras se hérissent, ma respiration s'accélère, et la tête me tourne...

Avant, je me baladais dans les rues avec mes amis, désormais mon terrain de jeu ressemble à un dojo japonais : tatami au sol, mur blanc et bois orne ma chambre totalement épurée, comme mon existence et ma conscience.

Avant, j'allais au cinéma et au restaurant, désormais, c'est ciné à la maison, et je suis devenu un véritable cordon-bleu, mais aussi un fin gourmet.

Avant, j'avais des rêves, aujourd'hui, je les accompli sans sortir, je voyage sans bouger, mon stylo est mon moyen de communication, et je défends mon idéal de vie, ma solitude bec et ongles, envers et contre tous.

C'est ainsi que démarre ma nouvelle chronique dans ce magazine.

A très bientôt de vous retrouver chaque mois.

Le solitaire euphorique.

LISIERES ET CONFINS

PRINTEMPS DES POETES 2022

Etendue close où vagabonde mon esprit,
Pensées critiques, vision universelle,
Identités, liberté individuelle,
Pensées symboliques, dans mon cœur, je les crie.

Bornes sur le sol et lignes sur une carte,
Peuples divers, politiques, religions,
Tensions, suspicions sur une pancarte,
Guerres, le monde vit sur ses positions.

Frontières bien réelles ou imaginaires,
Ton jugement subjectif jamais ne faiblit,
Regards vifs de ton cœur jaugent la planisphère.

L'inconnu lointain est tel un ambassadeur,
Différences et frais échanges te nourrissent,
Puissance, faiblesse, regarde dans ton cœur.

LETTRE D'UN JEUNE RESISTANT
A SES PARENTS EN 1943

Mes très chers parents

Je vous écris à tout hasard, car je ne sais pas si ma lettre vous parviendra.

Depuis l'obligation de réquisition du STO, et ne voulant absolument pas partir en Allemagne malgré la loi de ce sale gouvernement de Vichy appelant à l'effort de guerre, j'ai décidé de m'engager dans la résistance afin de défendre notre pays. Je ne peux accepter une France Pétainiste, collaborationniste et sous domination allemande.

Je vous sais désormais en lieu sûr grâce au réseau de notre ami A. K. et je vous demande pardon de ne pas vous avoir accompagné et surtout de vous avoir caché mes intentions. Je vous aime mes parents, mais je veux être moi aussi acteur de notre libération. Nous devons résister et non collaborer, le régime de Vichy est à abattre, et j'ai foi en la force de notre peuple. Comme me l'a rappelé A.K. : la désobéissance est le plus sage de nos devoirs.

Lors de ma fuite, nous marchions de nuit, loin des routes, j'ai même dû me cacher avec mes compagnons pendant plusieurs heures dans une charrette de foin pour passer des barrages de soldats allemands. Avec nous, il y avait une femme et son bébé de quelques mois, notre peur à tous était qu'il pleure et que les boches l'entendent. Nous aurions été faits prisonniers, et Dieu m'en ai témoin, je ne serais certainement plus de ce monde. Mais le ballottement de la charrette et le sein de sa mère le tenait endormi la plupart du temps.

Nos journées sont ponctuées par nos « opérations spéciales de sabotage », nous nous devons de récupérer des armes et des munitions, mais aussi de la nourriture auprès des villages aux alentours. Heureusement, les montagnes où nous sommes sont giboyeuses et je chasse presque tous les jours, cela me rappelle ma plus tendre adolescence... Un pincement au cœur m'étreint, et la douleur que nous soyons séparé m'assaille...

Nous écoutons chaque jour les messages de la BBC sur une radio clandestine, attendant un ZIP. Nous relayons les informations auprès des autres groupes dans le maquis et organisons tout ce qui nous est possible pour barrer la route aux Chleuhs.

Je viens d'intégrer la division PCC et je m'emploie à faire de mon mieux pour gérer les liaisons courrier à travers notre pays. Heureusement, de nombreux Français nous apportent leur aide et transmettent nos messages.

Hier, nous avons reçu une cargaison de boîtes d'allumettes de propagande expliquant comment faire dérailler un train et un exemplaire du journal Libération daté du 1er mai dernier ; son titre était : « Fête nationale du sabotage contre l'ennemi, Vive le 1er mai ». Chaque Français est un soldat de la libération, c'est ce que nous pensons tous ici.

Mon ami Pierre m'a rejoint il y a quelques jours pour échapper lui aussi au STO, je vous rassure sa famille se porte bien, ils ont préféré rester à Paris, même si les conditions de vie sont difficiles et que les denrées viennent à manquer.

Il m'a aussi dit que nos voisins, les Rosenberg et les Bauer ont été amenés il y a plusieurs semaines par la milice. Nous n'avons pas de nouvelles depuis, même si nous faisons jouer notre réseau.

Je suis profondément attristé d'être cet oiseau porteur de mauvaises nouvelles.

Je ne vous révélerais pas le lieu où je suis de peur que ce courrier tombe aux mains de l'ennemi, mais vous pouvez écrire à A. K., il saura me les faire passer.

Restez cachés, nous nous retrouverons, votre fils vous en fais la promesse.

Je vous embrasse fort mes parents, ainsi que Sarah, Joseph et Elias. Je vous aime.

P.J.G. Ange

AK. : Adolpho Kaminsky, résistant, faussaire et expert en faux papiers.

ZIP : Signal envoyé par les commandants en chef pour annoncer le déclenchement d'une opération.

PCC : Poste de commandement du courrier.

PJG : Paul-Jules Gouge, dit Ange, mon arrière-grand-père.

MOI, JEAN, RESCAPE DE LA GUERRE, SDF ET ECRIVAIN

24 mai 1948.

Hier, l'équipe de France de football a battu l'équipe d'Ecosse trois buts à zéro ; je le sais, je l'ai lu dans le journal ce matin, et maintenant, je suis assis dessus, par terre dans la rue. Ma rue, c'est le Boulevard des Italiens, et tous les matins, je m'installe en face de l'ancien bureau de placement pour l'Allemagne, et je fais la manche.

Vous allez me dire pourquoi en face de ce bâtiment ! Tout simplement, car c'est à cause de la devise qui était placardée dessus « Du travail pour tous, Français, Allemands, unissez-vous » que ma vie a été chamboulée, et que j'ai tout perdu...

Avant la guerre, j'écrivais des histoires dans le journal « France Soir », ces histoires à épisodes qui donnent envie de connaître la suite, et qui font acheter le journal tous les jours. Je gagnais ma vie, j'étais heureux, la vie me souriait, car j'aimais plus que tout mon métier.

Mais, car il y un mais, un jour de février 1943, alors que je rentrais chez moi par le pont-neuf pour me rendre à mon petit studio que je louais au dix-neuf de la rue Guénégaud, je me fis arrêter par la milice et envoyer illico presto en Allemagne pour accomplir mon devoir et aider à l'effort de guerre.

En Allemagne, je me retrouvais près de Böhmisch Kamnitz, dans une unité de construction aéronautique où je travaillais contre le gîte et le couvert, douze heures par jour. Le gîte était plus que spartiate puisque c'était un baraquement froid et humide. Et le couvert, il n'y en avait pas, hormis une cuillère pour manger la soupe claire ou flottait de temps en temps un bout de gras pas plus gros qu'un ongle et quelques tubercules douteux.

A mon retour, je n'avais plus rien, ni famille, ni emploi, et j'étais fatigué, malade et sans ressources. J'ai fait quelques boulots mais, la vilaine toux que je possédais comme seul trésor de guerre m'empêchait de fournir des efforts. Je me retrouvais bientôt à la rue, vivant de mendicité.

Alors ce bâtiment à la gloire allemande que je voyais tous les jours me rappelait mes galères, et me permettait aussi de me souvenir et d'écrire mon histoire.

J'étais donc assis sur mon journal, et je tendais la main au passage des gens, qui ne me regardaient pas, détournant même le regard. Je les observais ces gens pressés soit d'aller à leur travail, soit de rentrer chez eux ; Ces gens qui ne se doutaient pas une seconde ce qu'avait été mon enfer. Ce qu'était mon histoire ...

Ils passaient de ça et de là, devant moi, indifférents à ma pauvreté, indifférents à mes regards et à mon histoire. Ils étaient presque des automates, des pantins dirigés par leurs vies programmées et établies. Ils avaient l'œil vide, pas de sourire aux lèvres, marchant, courant, comme si leurs vies en dépendaient. Ils étaient éteints et emprisonnés.

On avait pourtant gagné la guerre, trois ans s'étaient écoulés, et l'euphorie de la victoire était retombée comme un soufflé pas assez cuit. La routine, les tickets de rationnement, tout ce qu'on apprenait sur cette sale guerre, et tout ce que l'on nous cachait avait raison de ces promeneurs du boulevard.

Moi, depuis mon retour à Paris, même si j'avais tout perdu, je me sentais libre, libre de vivre, libre de sourire, et libre de parler et de chanter. Je me contentais du peu d'argent que l'on me donnait pour acheter du papier et de l'encre, et j'écrivais sur ma vie.

J'étais chanceux et satisfait d'être en vie ; tellement étaient tombés pour rien, soldat ou simple anonyme, homme, femme, enfant ou vieillard.

Tout à coup, un air d'accordéon titilla mon oreille, je le reconnu entre mille : la vie en rose. Je me mis à fredonner les paroles, qui s'envolaient telles des colombes dans le bleu du ciel.

J'étais un clochard heureux et épris de liberté.

MON CŒUR S'ENVOLE
LA PETITE AU BALLON, BLANKSY

Blanc, rouge, noir, un pochoir, symbole d'espoir,
Ballon dans le vent, pensées traversent le temps.
Innocence et espérance luit dans le noir,
Mon cœur exhale ses sentiments en chantant.

Des bulles d'amour et de tendresse s'envolent,
Au vrai cœur de Londres, mes idées carambolent.
Graffiti, politique, humour, poésie,
Artiste engagé, slogans et allégories.

Fragile émoi, mon cœur s'envole chaque soir,
Au firmament, mes doux fantasmes tourbillonnent,
Rêves mourants, il y a toujours de l'espoir.

Bravant milles idées, mes yeux bleus papillonnent,
Les couleurs s'accrochant à notre architecture,
Fille au ballon rouge, ton image perdure.

L'AVENIR
DE TOUS LES POSSIBLES

Que veux-tu faire plus tard ? Cette phrase que j'entends depuis que je suis en âge de comprendre et m'exprimer m'interpelle, mais ce n'est pas pour cela que je sais y répondre...

Mes grands-parents, ma famille me posent la question, et souvent, je ne sais pas y répondre promptement, un certain délai de réflexion s'impose à moi et selon le moment, selon mon état d'esprit, la liste change du tout au tout.

Mon désir de partir au Japon, comme ma volonté de sauter en parachute perdure toutefois, et j'ai déjà eu la chance de faire mon baptême de vol en montgolfière.
J'aime voyager, visiter, et la visite du château de Versailles faisait partie pendant un temps de mes vœux.

Ce fut une mission accomplie grâce à mon grand-père qui m'amena à Paris. La visite des châteaux de la Loire aussi m'interpelle, ressentir l'Histoire, toucher du doigt les endroits où tout s'est déroulé m'enchanterais.

De temps en temps, pris dans mes rêves éveillés, je me surprends à penser que je pourrais visiter une autre galaxie lointaine, je trouve merveilleux le pouvoir de la pensée, qui sans limite, nous entraîne en dehors des frontières du réel. Il me faudrait pour cela voyager à bord d'un avion hypersonique, comme le Lockeed Martin F-22.

Passionné par la chimie et les particules, j'aimerais créer un accélérateur de particules plus puissant que celui du Grand Collisionneur de Hadrons !

Mais revenons sur terre !

A l'heure actuelle, mes envies sont beaucoup plus terrestres, je souhaiterais avant tout réussir tous les examens que je passe, sans stress, et avec sérénité.

Et peut-être un jour, dans quelques années, s'échapper pour observer les aurores boréales et les vélures au bord du cercle polaire, et contempler le ciel tout simplement, tout en pensant que j'ai déjà beaucoup de chance de rêver, et d'être là où je suis, et d'avoir vécu ce que j'ai vécu...

LA TASSEOMANCIE

La tête dans les nuages, après avoir enterré grand-mère, je pris le train direction Londres afin de rejoindre mon club, Le White's situé sur St James Street.

Arrivé à destination, je commandais un thé à la bergamote en hommage à l'être cher que j'avais mis en terre le matin même. Elle était une grande amatrice de thé, et s'intéressait avant tout à déchiffrer des prédictions dans ce précieux marc.
Je bus mon thé et discutais de-ci de-là, avec des connaissances, et quelques amis.

Théobald, mon presque frère arriva et s'assit à ma table. Je lui parlais de ma morne matinée, les larmes aux yeux. La discussion déboucha naturellement sur l'avenir... Sur notre avenir...

Comme le faisais si bien grand-mère, nous nous prîmes au jeu et regardâmes à tour de rôle dans nos tasses respectives. L'un vit un arbre, l'autre, une montagne, ou un ange, un cœur, ...

Théobald devint sérieux et crispé à force de concentration, me dit :
- « A mon avis, la chance et le succès vont te sourire. Tu rencontreras l'amour, le grand ! »

A mon tour, je me lançais dans les prédictions de mon ami, et sa tasse à la main, je lui dis :
- « Je suis sûr que les recherches que tu fais en ce moment dans le domaine de la neurochirurgie va porter ses fruits, et tu feras des découvertes primordiales pour la médecine. Tu deviendras un grand homme ! »

Théobald, toujours ma tasse à la main, repris :
- « Regarde-là, on dirait un oiseau ! Je pense que cela veut dire que tu voyageras loin, dans des contrées reculées, et tu ramèneras tellement de souvenirs de tes péripéties que tu ouvriras un musée, ici à Londres ! »

Nous avions oublié l'espace d'un instant la tristesse et d'un coup, en regardant la théière vide, je fus rappelé à la triste réalité, et tous ces dires me parurent futiles.

En cet instant précis, la seule chose qui avait de la grâce à mes yeux était que je souhaitais être heureux, tout simplement.

MINUSCULE

Un jour, je me suis réveillé aussi petit qu'un Throcidae. Comment allais-je faire pour visiter ce monde si gigantesque, moi qui aspirais tant aux aventures et aux découvertes.

Heureusement, je m'étais endormi sur le canapé, et de ma place, je voyais très bien la porte-fenêtre donnant sur le jardin.

J'eus peur de sauter, mais me rappelant mes cours de physique sur la résistance de l'air, je me lançai dans le vide désirant atteindre la table basse. Mais glissant malencontreusement sur un chips, je tombai à la renverse sur le tapis qui amortit ma chute. Quand je me relevai, je vis un dédale pelucheux !

Marchant un peu au hasard, je tombai tout à coup sur un tout petit bar d'acariens très sympathiques. Ce bar se nommait le « Tapi' s Bar » à en croire la pancarte au-dessus du comptoir. Je ne pensai pas qu'il y avait ce genre de choses dans mon tapis !

Je bus un café, et à priori dans ce monde minuscule, l'avantage est qu'on ne paye pas ! Pendant que je sirotais mon café en compagnie d'un agréable professeur de mathématiques, qui aimait certes un peu trop le café puisqu'il en était à sa quatrième tasse en huit minutes seulement, mon envie de découvrir mon jardin avec ma si petite taille devenait impérieuse. Je quittai le bar, remerciant mes hôtes et pris le chemin que l'on m'avait indiqué.

Quelques minutes plus tard, un peu fatigué, je vis de la lumière au bout du dédale, et me retrouvai devant une grande étendue d'un liquide quelque peu marron qui sentait comme le coca-cola ! Cette étendue paraissait tel un lac, et il fallait que je traverse !
Sur le bord, je trouvais un bouchon de bouteille, je m'en servis d'embarcation, et mes mains en guise de rame, je me lançai dans une croisière en solitaire. Ni de vagues,

ni de remous à bord de mon paquebot de fortune, et j'arrivai sain et sauf sur l'autre rive.

Sur la plage, j'abandonnai ma capsule au milieu des crocodiles Haribo qui semblaient se prélasser au soleil. Il fallait vraiment que je revoie mes plans d'hygiène à la hausse.

Je me reconcentrai afin de me focaliser sur mon objectif principal : sortir par la porte vitrée et sauter à pieds joints dans l'aventure.

Tout à coup, une araignée énorme pour moi descendit de son fil et tenta de m'attraper. J'esquivai son attaque à l'aide d'un cure-dent qui était à portée de main. N'écoutant que mon courage, je grimpai sur son dos et la pourfendant de mon arme de fortune, elle rebroussa chemin, et disparu.

J'eus l'impression que ce combat était la dernière épreuve de mon périple périlleux, j'étais à côté de la porte, et j'allai sortir...

Je m'imaginai le nombre de choses à découvrir ou à redécouvrir dans mon jardin. Tellement de possibilités s'offraient à moi : visiter une fourmilière, voler à dos de libellule, nager dans le miel...

Tout à coup, je me réveillai, je n'étais pas petit, je n'étais pas un insecte, j'étais juste un homme prisonnier d'une cellule capitonnée.

Je ne savais plus depuis quand j'étais enfermé, mais je savais pertinemment que cela faisait longtemps, et que je ne pouvais espérer sortir de ce lieu si sordide que le jour de mon trépas...

PIED DE NEZ
A MON PROF DE MATHS !

Chiffres, nombres entiers ou décimaux, je compte,
Volume, aire, périmètre, je dépéris.
Thalès et Pythagore, ou trigonométrie,
Identités pas remarquables, je vous dompte !

Les équations, des inconnues au bataillon,
Grandeurs, mesures, angles et homothéties,
Fonctions sont amères constatations...
Calculs ne sont pour moi que séméiologie !

Logique mathématique, ce n'est pas moi,
Exactitude de la pensée, je larmoie,
Dures démonstrations, l'étau se resserre.

A théorie, pratique et rigueur, je préfère,
Douces pensées, passions et belles histoires,
Pour rêver de chaque jour comme une victoire.

LE REGARD DES AUTRES

Il est extrêmement aisé de juger les autres, sur leur apparence, leur appartenance religieuse, ou leur façon de s'habiller par exemple...

Approchez-vous, je vais vous murmurer une vérité : « C'est dans l'air du temps, tout le monde juge tout le monde ! Que ce soit entre quatre yeux, autour d'un verre, sur les réseaux sociaux ou dans les médias, il faut juger son prochain ! »

Moi, mon médecin, est une femme géniale, toute jeune, elle vient de terminer son internat et a décidé de s'installer dans mon village au cœur des Landes, tout près de l'océan, car elle venait ici quand elle était petite en vacances et elle s'est toujours promis de revenir.

À Labenne-Océan, cela fait cinq ans que nous n'avons plus de médecin, le dernier, le docteur Valère, a pris une retraite bien méritée après plus de cinquante-cinq ans d'exercice. Alors, quand Monsieur le Maire, nous a annoncé la nouvelle que le cabinet médical allait réouvrir, tout le village et les alentours étaient aux anges.

Mais car il y a un mais ! Gwendoline est arrivée en début d'après-midi d'un jour ensoleillé du mois d'avril dans son van aménagé, avec son gros matou blanc et noir, deux planches de surf sur le toit et un vélo sur le porte-bagage. Personne ne s'attendait à cette surprise ! Mademoiselle Gwendoline Anzoátegui a débarqué dans nos vies telle une tornade de fraîcheur, un océan déchaîné, une vague qu'on a envie de surfer à tout prix. Elle est apparue un bras tatoué d'une magnifique image de Bouddha dans une fleur de lotus, des piercings plein le visage, un jean délavé, usé à la corde, et des dreadlocks attachés avec un ruban dans sa nuque.

Je vous assure, l'habit ne fait pas le moine, et il n'est pas bien de juger quelqu'un sur sa dégaine... Mais là, vraiment, on est tous resté bouche bée en la regardant comme si elle débarquait d'une autre planète. Ne voyant personne s'avancer, je lui ai souri, tendu la main, et lui ai souhaité la bienvenue en notre nom.

Le recrutement s'était fait par l'intermédiaire d'une personne de confiance, par téléphone et par courriel. La commune lui mettait à disposition un local entièrement équipé pour exercer et avais même trouvé une petite maison à louer pour elle et son chat. De prime abord, on ne s'attend pas à ce qu'une personne aussi "babacool" soit docteur, mais on savait par l'ordre national des médecins, qu'elle était une professionnelle hors du commun et très à l'écoute de ses patients.

Gwendoline a fait sensation dans le village, certains pensaient que jamais ils n'iraient la consulter, elle était trop bizarre ! D'autres, dépités par tant d'années à chercher un nouveau médecin, s'étaient résignés et lui laissait une chance ; mais c'était plus pour ne plus avoir à faire trente kilomètres pour se rendre au cabinet de garde. Les gens parlaient de notre nouvelle arrivante super étrange, devant la pharmacie, chez le boulanger, le charcutier, allant de leurs anecdotes ni vérifiées, ni justifiées... Certains se moquaient de son look trop déluré qui n'inspirait pas confiance, d'autres pensaient fermement qu'elle devait se droguer, vu son accoutrement, c'était obligé !

Personnellement, j'avais eu un coup de cœur fraternel pour cette jeune femme au regard pétillant et me moquais éperdument de ses tatouages, de ses piercings et de ses cheveux sauvages ! Elle était notre médecin, mon médecin, et je trouvais même amusant qu'elle bouscule les codes de la société avec autant d'audace.

Cela fait aujourd'hui deux ans que Gwendolyne et moi sommes amis, nous surfons ensemble, nous nous faisons des soirées au cinéma, et discutons de tout et de rien, elle est devenue mon âme-sœur ; tout nous oppose physiquement et dans nos styles respectifs, elle a un métier public et c'est une hippie jusqu'au bout des ongles, et moi, je suis romancier et on me dit tout le temps que je suis désuet.

Souvent, le soir, alors que la lune brille dans le ciel, et qu'assis à ma table de travail, je réfléchis à notre monde, à son passé, à son devenir, je me dis que j'aurais préféré vivre dans l'ancien temps, en ce temps où les valeurs de tolérance, de respect, de loyauté, de discipline et de noblesse voulaient vraiment signifier quelque chose de réel pour l'ensemble des hommes.

Que l'on soit hippie, désuet, ou tout simplement nous, il est difficile de vivre ou de vouloir vivre différemment des autres, dans un monde où chacun regarde l'autre d'un air supérieur, négatif, et dans cet esprit de jugement permanent.

Notre monde est devenu une prison des âmes où chacun doit se confondre avec les autres et surtout ne pas exister en dehors du moule imposé.

UNE VIE EXTRAORDINAIRE

On sous-estime trop souvent la vie de nos anciens sur les bancs publics. Vous voyez ces deux grands-pères sur le banc là-bas, et bien, l'un d'eux est mon arrière-grand-père paternel et l'autre son meilleur ami ; Et, depuis plus de 60 ans, ils se retrouvent dès qu'ils le peuvent sur ce banc, dans le jardin du Parc Bordelais près du petit théâtre de marionnettes.

Ces deux octogénaires ont eu une vie incroyable, et c'est ce que je vais de ce trait de plume, vous conter...

En 1939, en Espagne, Antonio et Hilario vivaient tous deux dans un petit village du nord, près de Burgos, avec leurs petites familles. Ils étaient amis depuis l'école communale, avaient arpenté les mêmes chemins, avaient usé leurs culottes sur les mêmes bancs d'école, et s'étaient même mariés à une semaine d'intervalle ! C'est pour dire qu'ils étaient inséparables...

Cette année-là fut, une année noire, on l'appelle l'épisode de la terreur blanche en Espagne... L'armée du Général Franco, fit prisonnier le village d'Oviedo en entier. Une partie de la population était réfractaire à ce régime totalitaire, et une résistance était née un peu partout dans le pays. L'armée de Franco avait décidé de faire des exemples en éradiquant de la carte certains villages d'opposants à son gouvernement.

Ils rassemblèrent les femmes et les enfants, et les assassinèrent sous les yeux des hommes rassemblés sur la grande place, ces derniers furent faits prisonniers.

Mais c'était sans compter sur ces deux compagnons, ils s'échappèrent, mais furent blessés par balles ; ils réussirent quand même à rejoindre la chaîne des Pyrénées. Ils restèrent quelques mois chez un berger qui leur apporta son soutien et les soigna. L'hiver fut rude, la neige avait envahi les cimes, et leur expédition jusqu'en France due être reporté jusqu'à l'arrivée des beaux jours.

Après plusieurs mois de cavale, ils se retrouvèrent tous les deux, comme des milliers d'autres espagnols, en France, au camp du Boulou, en tant que réfugiés politiques. Le froid en cet hiver 1940 était insupportable ; la faim, la maladie, l'insalubrité des installations étaient inimaginables. Ces camps étaient trop petits, les réfugiés trop nombreux, et l'aide quasi-inexistante du fait de la guerre. La situation était ingérable, inhumaine et cauchemardesque.

Les deux amis firent face à ces conditions de vie barbares et bestiales, se réconfortant l'un l'autre, pour pouvoir tenir le coup autant moralement que physiquement.

Mon arrière-grand-père bien que petit et frêle avait un tempérament de vainqueur et un moral à toute épreuve ; il avait vu son épouse et sa fille mourir sous ses yeux, il devait rester en vie, coûte que coûte. C'était son devoir, une promesse faite à celles qu'il avait laissées là-bas.

Devant le manque de main d'œuvre française, les Allemands firent appel aux réfugiés espagnols. Le point de chute fut Bordeaux, et ils furent enrôlés comme de nombreux autres hommes à la construction de la base sous-marine allemande.

Hilario, mon aïeul, du haut de son petit mètre soixante, était bien décidé à ne pas se laisser mener par le bout du nez par l'armée allemande ! Pendant toute la période de la construction de cette base navale, il a volé tout ce qui était transportable sur lui et sur son vélo !

Les anecdotes sont nombreuses et souvent épiques... Il cachait des clous, des vis dans un double fond de sa gamelle ! Il volait des couvertures en les enroulant autour de lui sous son manteau en cuir, et grâce à ses acolytes, il montait sur son vélo et passait, innocent, devant le poste de garde comme si de rien était.... Si par malheur, un soldat allemand, lui avait demandé de contrôler ses papiers, il aurait été incapable de descendre de vélo sans en tomber ; et bien entendu, il aurait été pris sur le fait et je ne serais sûrement pas là à vous écrire...

Une anecdote qui me parait croustillante, en fait ma préférée... Ils étaient en train de travailler aux charpentes métalliques non loin des cuisines de la base sous-marine, et ma canaille de grand-papa avait fabriqué avec du fil de pêche et un hameçon un genre de canne à pêche invisible. Caché dans le faux plafond et dès que les cuisiniers avaient le dos tourné, il « péchait » la nourriture... Un jour, un des soldats allemands s'est retourné alors qu'un steak flottait dans les airs ! Il est parti en hurlant et en courant !

Tous ces larcins alimentaient le marché noir, et permettaient aux siens de pouvoir survivre en ces temps compliqués.

Quand je les regarde, mes deux anciens, à discuter, à rire, se racontant leurs souvenirs, les yeux brillants, le visage marqué par le temps, je me dis que quelles que soient les difficultés de la vie, il est de notre devoir d'avancer et de transmettre aux générations suivantes notre vécu, nos souvenirs, nos combats et nos joies, en espérant que toutes ces émotions, bonnes ou mauvaises, pourront leur servir de modèles afin d'éviter de refaire les mêmes erreurs.

SAVOIR ENCHAINE

Au début, ce n'est que surprise et imprévu,
Aventure, dans la pluralité des cœurs,
Du combat des algorithmes, je sors vainqueur,
Au creux du sein, je cultive l'inattendu.

Romans, essais, poésies sortaient de vos bulles,
J'apprends, tu sais, il transmet et nous écrivons,
Etoffez vos idées avec précision,
Nos pensées déambulent loin sans préambule.

Tout ce que la nature humaine a dans le cœur,
Musique, cinéma, livres, libérez-vous,
Notes, rimes, images sortez en vainqueur !

Regards sur l'âme et réflexions se dénouent,
Allions les mots dans un flot perpétuel,
Et résistons, sublime foule culturelle.

GREVE

A Paris, le dimanche 7 octobre 1979.

Chère Virginie,

Je tenais à t'écrire, car hier, je suis allée manifester pour la première fois de ma vie, et je t'assure que ça a été un grand moment ! Il fallait vraiment que je te raconte ça...

Avec Rébecca, et Maylis, mes amies de l'école d'infirmières, nous avons décidé de rejoindre la manifestation en faveur de l'avortement. Tu sais que c'est un sujet qui me tient à cœur surtout avec tout ce que l'on voit dans notre métier. Te souviens-tu de cette jeune femme pendant notre stage qui était arrivé presque morte, car elle avait fait une hémorragie ?

Cette histoire nous avait bouleversé, te souviens-tu du regard apeuré de cette femme qui nous demandait de ne pas appeler des services de l'ordre, de peur d'aller en prison ? Question rhétorique, je sais que tu t'en souviens...

Nous nous sommes tous retrouvés vers la place Denfert-Rochereau, d'où devait démarrer le cortège en début d'après-midi. La foule essentiellement des femmes, était énorme, on aurait dit un fleuve humain qui bougeait ensemble, comme animé d'un courant. L'ambiance était vraiment à la fête, même sans se connaître, tout le monde se parlait.

À côté de nous, il y avait aussi des infirmières, et sais-tu d'où elles venaient ? De Montélimar, te rends-tu compte ? Elles avaient même amené des nougats !

L'avortement libre et gratuit est un droit que nous devons absolument obtenir et pas que sur le papier ! Notre corps nous appartient, et c'est à nous de décider si oui ou non, on a envie de devenir mère, et surtout à quel moment de notre vie !

Simone Veil était bien entendu présente, elle a fait un discours très rapide relatant les changements déjà effectués et surtout les combats qu'il restait à mener. À chaque fois, tout le monde applaudissait même si nous n'entendions pas tout ! Nous étions toutes solidaires, ensemble, les unes avec les autres pour défendre une noble cause.

En revanche, piétiner toute la journée a été harassant, tu sais bien que je n'aime pas faire du sport ! Non ne te moques pas !
Bref, j'ai mal partout, je suis fatiguée, mais j'ai vraiment vécu une sacrée aventure ; jamais je n'aurais imaginé ressentir autant d'amour et de passion au milieu d'une foule.

J'espère te voir bientôt, à Lyon, je descends prochainement, je te tiens au courant. Bisous

Charlène

HAÏKU

Katana Rangé
Je pars, comme un Sureiya
Vaincre vils démons

カタナ整頓
私はスレイヤのように去ります
卑劣な悪魔を倒す

MURS DE MONASTERE

Au regard, juste des murs gris et des fenêtres
Une musique sonne, portes, bruits, cris.
Dans ces couloirs vides tout souhaite renaitre,
Poésie, latin, grec, tout est par cœur appris.

Dans ces cloîtres, tout est bien érudition.
Crayons, gommes, ciseaux, vont tous à l'unisson.
Maîtres, gamins se croisent tels de gros bourdons.
Sciences et exercices s'éveilleront.

Joutes, théories s'enchaînent jusqu'à midi.
Agapes, détente, belles heures bénies !
Bientôt le retour, et non ce n'est pas fini.

Quand le soleil décline, boite de Pandore,
Tel un flot qui jaillit dehors, multicolore,
Collège, tu te rendors, à demain encore !

BLANCHE ET BLEUE, LA VAGUE

Au sein de mon estampe, vague tu nais,
De quelques coups de pinceaux, tu apparais,
Bleue et blanche, écumante, bouillonnante et
grondante,
Tu bouscules les rafiots tels des fétus de pailles.

Bleue et blanche, eau, mer, vague écumante
Roulis et remous, tu rues envers et contre tout...
Les pécheurs longtemps ballotés, jamais ne
reviendront,
A jamais perdus dans ton immensité claire-obscure.

Bleue et blanche, vague scélérate,
Tsunami fantomatique au squelette blanc,
Griffes d'écumes, serres d'un rapace, ta main nous
broie,

Et nous entraine vers l'infini, fractale de gouttelettes
projetées au loin.

Bleue et Blanche, comme la montagne au loin,
Magnifique et mystérieuse montagne, mont Fuji,
Géant, symbole de beauté et de perfection,
Tu nous entraines vers mille lieux de pèlerinage.

CE QUI ME DERANGE...

Ce soir mon cœur saigne... Le maharadjah de Satapur vient de mourir. Et moi son plus proche conseiller, je me retrouve seul, isolé, abandonné dans ce grand palais aux centaines de pièces ou règne un silence à peine gêné par les cris d'une famille de singe qui vit à demeure dans les jardins de bougainvilliers où flotte aussi une odeur de jasmin et d'épices.

Je m'appelle Aditya, j'ai soixante-dix ans et assis sur le rebord d'une fontaine dans une des cours privées du palais, je me replonge dans mes souvenirs. Je viens de perdre mon ami, mais aussi mon maitre. Depuis soixante ans, je vis ici entre ses quatre murs, j'ai été élevé pour devenir conseiller, et ma vie n'a pas été des plus simples je l'avoue.

Vous me direz que vivre dans un palais indien au milieu de centaine de serviteurs est une chance ! Mais savez-vous que dans ces palais règnent un mal odieux, la médisance ; les courtisans, les serviteurs, tous essaient d'obtenir les bonnes grâces de la famille royale de Satapur. La Choti-rani (femme du maharadjah) et la Majrata (mère du souverain) se déchirent par personnes interposées, régnant chacune sur une aile du palais.

Tant que le maharadjah Jiva-Rao était encore en vie, tout le monde l'écoutait mais désormais que va-t-il se passer ? Son fils, Swaroop, est trop jeune pour régner. Son éducation n'est pas terminée, et il m'incombe malgré mon grand âge de le guider.

Désormais, dans ce palais des mille et une nuit, va régner une aura de délation, de mensonge, à celui qui va pouvoir tirer profit d'une situation, sans se soucier des conséquences. Dans les zénanas, derrière les voilages, derrière les murs percés de moucharabiehs, dans les jardins, plus personne n'est à l'abri, même moi, surtout moi.

Rama, mon plus fidèle serviteur, m'amène mon repas, quelques chapatis (pain indien) accompagnés de kitchuri (riz basmati et dal de mungo). Il me dit avoir gouté mes plats ; depuis toujours, nos plats sont surveillés, l'inde est le pays des empoisonneurs ! Le datura (plante) en est l'arme fatale.

Jamais, au grand jamais, je n'ai supporté ce climat de suspicion. Déjà petit, j'observais les adultes se déchirant, critiquant ouvertement ou à mot couvert les autres afin d'obtenir une place au sein du conseil d'état, au sein de la garde rapprochée, ou dans la cour des Maharanis.
Au cœur de nos palais indiens, je dirais même que la critique est le sport national au même niveau que la chasse au tigre !

Je les ai observé ces courtisans, à parler à voix basse, regardant de biais pour vérifier si on les regarde ; mettant au point un stratagème pour faire tomber en disgrâce telle ou telle personne.
Tant qu'il était vivant, Jiva-Rao maintenait le calme et la quiétude, mais aussi un certain statuquo entre son épouse et sa mère. Mais il n'est plus, et je me demande ce qu'il adviendra de nous tous, pris dans une future guerre ouverte pour savoir qui va régner désormais sur le palais.

La nuit tombe sur les jardins, la chaleur humide annonce le temps de la mousson, mangeant du bout des lèvres un chapati, je me dis que mon temps est peut-être venu de prendre ma retraite, de quitter mon poste. Peut-être que je pourrais aller rendre visite à mes amis anglais, et enfin découvrir le monde que je n'ai fait qu'étudier dans les livres.

Oui ma décision était prise, j'allais partir...

CE VILLAGE DE NOTRE ENFANCE

C'est au détour de plusieurs virages sur la route menant de Largentière à Valgorge que se trouve le petit village de Rocles en Ardèche. Ici, comme le dirait si bien Pagnol, c'est le village de nos jours heureux, de nos vacances, et surtout le village de la personne la plus aimante au monde : notre Mémé des Cocottes.

Rocles est donc le village de nos grands-parents maternels, c'est aussi et surtout le souvenir de moments merveilleux passés en vacances, été comme hiver, avec cette femme incroyable qui nous berçait, qui nous fredonnait des chansons, qui nous préparait nos tartines beurrées, et qui nous passait toutes nos incartades, cette grand-mère, qui nous aimait tous sans concession.

La maison de Mémé se trouvait au bout d'un chemin, face au village, il nous fallait traverser un pont sans parapets. Cette maison de famille se cachait au milieu des châtaigniers, des prés en pentes, des vignes et des arbres fruitiers.

Pour nous, les vacances démarraient toujours symboliquement à la vue d'une petite chapelle « La Chapelette » bien avant le village. Pour nous, c'était comme la porte de notre domaine, et souvent nos parents nous y laissaient, et nous terminions à pied, à travers champs et bosquets, les quelques centaines de mètres qui nous séparaient de cette maison du bonheur, bienheureux de cette liberté retrouvée.

Mémé, en nous voyant arriver, nous entourait de ses bras, où nous nous fondions, respirant son odeur si particulière de genêts, de l'eau de Cologne, de savon de Marseille, et de l'herbe qui vient juste d'être fauchée. Elle sentait trop bon... Cette odeur reste encore en nous, et rien que le fait d'y songer, c'est presque comme si elle était encore présente, comme si elle venait nous voir pour nous prendre dans ses bras, comme au bon vieux temps passé.

Nos parents nous déposaient pour quelques jours ou plusieurs semaines, cela dépendait ; et là, débutaient nos escapades, jusqu'au village, jusqu'à la rivière, ou alors jusque dans la forêt. Nous connaissions par cœur tous les coins et recoins de notre paradis sur terre.

Mémé nous envoyait chaque soir, à l'heure de la traite chercher le lait à la ferme avec le pot en fer. Une fois, dévalant le pré en face de la maison, nous avons renversé le pot qui s'est répandu par terre, nous laissant revenir dépités et honteux à la maison, mais Mémé, ce soir-là, ne nous avait pas grondé, elle nous avait juste redonné de l'argent et nous étions retourné acheter le lait pour le petit-déjeuner du lendemain.

Le matin, de notre chambre au premier étage, nous étions réveillés par la bonne odeur du café, du chocolat chaud et du pain grillé, du beurre et du miel. Mémé était toujours levée de bonne heure, infatigable, elle s'occupait de ses garnements affamés.

Ensuite, nous partions à l'aventure, nous chassions les lézards avec des pointes et des élastiques, jouions à envoyer le plus loin possible nos flèches napolitaines, que nous fabriquions nous-même, cherchant toujours à les perfectionner.

Nous allions ramasser du bois, faisions des bouquets de genêts pour allumer le feu, allions chercher des champignons, des cerises, des mûres, ... Tout était bon pour nous occuper, et jamais nous nous ennuyions. Mémé s'extasiait devant un cèpe ramassé comme si cela s'agissait d'un véritable trésor, et nous étions heureux. Jamais, elle ne nous querellait quand nous rentrions bredouille de la cueillette des mûres, notre panier vide, mais nos estomacs pleins, nos mains et nos visages barbouillés de taches noires !

Les après-midis d'été, Mémé nous envoyait à la sieste mais, impatients d'aller nous baigner, nous passions par la fenêtre de notre chambre et descendions du premier étage par la treille jusqu'au sol, sans bruit, pensant qu'elle faisait la sieste elle aussi. Mais, notre grand-mère n'était pas dupe de nos supercheries !

Ah la rivière ! Quel bonheur de passer nos après-midis à nous baigner, sauter, glisser, faire les fous tout simplement. Le soir, nous rentrions fatigués, morts de faim, mais tellement heureux.

Un jour, partis nous promener, nous avons ramené l'âne du voisin à la maison, sous prétexte qu'il était tout seul ! Je vous promets que nous n'avons pas mis longtemps à le rendre à son propriétaire !

De temps en temps, nous posions des pièges pour capturer de la friture, nous rentrions trop fiers à la maison et Mémé nous préparait nos petits poissons comme si cela avait été le meilleur plat de monde, hors de prix... Les souvenirs aussi de nos agapes à l'ombre du mûrier dans la petite cour, pas loin de la fontaine d'où coulait une eau toujours fraîche et limpide.

En haut de la colline, dans la forêt, nous ramassions des bois et construisions des cabanes, nous étions, grâce à nos arcs, les maîtres de notre royaume, et rien ne pouvait nous arrêter.

De temps à autre, elle nous envoyait faire quelques courses à l'épicerie du village, nous laissant toujours quelques pièces pour nous acheter des mistrals gagnants, ou autres bonbons qui nous faisaient envie ; Mémé ne roulait pas sur l'or, loin de là, mais elle était toujours bonne avec nous.

Parfois, couchés, tranquilles dans l'herbe, nous écoutions à la radio les tubes à la mode de cette époque, les fredonnant à notre tour, sans en retenir véritablement les paroles.

En hiver, même s'il pleuvait, nous aimions rester dans cette maison qui sentait le feu de bois, nous jouions aux cartes, Mémé préparait des beignets qui sentaient la fleur d'oranger, du pain perdu avec de la confiture et elle faisait la soupe, la bombine, qui mijotait toujours au coin du fourneau. Le soir, pour réchauffer nos lits, elle enveloppait des briques, qu'elle avait laissé sur le poêle brûlant, dans du papier journal et les glissait entre nos draps épais, avant que nous nous couchions.

Elle nous aimait, tout simplement, et était heureuse de pouvoir partager ses moments de vie avec ses petits-enfants. Nos souvenirs sont tellement nombreux, qu'il nous faudrait mille ans pour pouvoir en faire le tour. Il nous en reste des images, des senteurs, des impressions, des fous rires, mais aussi les bleus et les marques de nos écorchures des chutes, et des jeux de garçons de notre âge.

A Rocles, on oubliait tout, jusqu'à nos parents, nos frères et sœurs, plus rien n'avait plus d'importance, que notre Mémé, et nos jeux entre cousins. Et quand sonnait l'heure du départ, ce n'était que tristesse, larmes et serrements de cœur, pleurant agrippé au tablier de notre grand-mère pour qu'elle nous garde encore un peu...

Et puis un jour, nous avons grandi, et nos visites se sont espacés, et puis plus tard, notre merveilleuse grand-mère a quitté ce monde tout doucement, dans un souffle, et elle nous a laissé tous, ici, abandonnés, plein de regrets, telle une meute de loups hurlant à la lune son prénom : Victoria.

SOLEIL LEVANT

Monet, de ton pinceau marque la blanche toile,
Soleil levant, telle une marine dévoile,
Couleurs aux tons pastel, effacées, embrumées,
Rond soleil rouge se découpe accentué.

Camaïeu gris bleuté se noie sur le port du Havre,
Grands voiliers, grues et docks, des cheminées
d'usines,
Travail lassant, je sombre vers toi pauvre esclave,
A la rame et sans voile, l'astre s'illumine.

Instant fugitif, œuvre abstraite, décor flou,
Spectateur, tu imagines en ton doux cœur,
L'aventure qui aurait pu me rendre fou.

Impressionniste, le mouvement des vagues,
Le clapotis de l'eau ondoie, compositeur,
Noble bateau vers le grand large tu t'évades.

REMERCIEMENTS

Merci : à mes grands-parents maternels pour certaines anecdotes et leur fierté à mon égard, à Jacques pour ses souvenirs, pour sa patience et pour avoir supporté les premières lectures, à Laurent, mon petit-cousin pour ses souvenirs, à Sophie pour ses encouragements tout au long de cette année.

Mais aussi : à Madame Lambert pour m'avoir donné l'envie d'écrire, à Madame Lecomte pour m'avoir soutenu tout au long de cette année dans mes délires, Monsieur Cérès et Madame Boeda pour m'avoir fait aimer le français et la littérature.

Sans oublier ma maman, ma première lectrice et ma première fan, qui m'a supporté dans les périodes de doute et d'euphorie !